わらいボール

赤羽じゅんこ・作●岡本　順・絵

ぼくは、まいあさ、おにいちゃんと
がっこうに　いく。
おにいちゃんは、三《さん》ねんせい。
ぼくは、一《いち》ねんせい。
おにいちゃんは、じゅぎょうの　まえも
ともだちと　あそぶ。
おにいちゃんに　あわせるので、ぼくも
はやく　がっこうに　つく。

「やったー。きょうも　一《いち》ばん。」

そのひも、きょうしつには
だれも　いなかった。

（つぎは、だれが　くるかな。
やっくんかな、なおくんかな。）

そんなこと　かんがえながら、
きょうかしょを　つくえに　いれる。

「あっ、いけない。」

なわとびを
いえに　わすれてきた。

これじゃ、やすみじかん、
なわとびきょうそうが　できない。
「どうぐしつで　かりてこよう。」
ぼくは、きょうしつを　でた。
どうぐしつは、ほけんしつの　まえに　ある。
ドッジボール《どっじぼうる》、サッカーボール《さっかあぼうる》、なわとび
など、じゆうに　かりて　いいことに
なっている。

ぼくは、たなから　なわとびの　はこを
ひっぱりだした。
「あれ？」
たなの　おくの　かべに、なにか　かいて
ある。サインペン《さいんぺん》の　らくがきだ。
かおを　ずきんで　かくしてる　にんじゃ
が　ひとり。
「へんな　にんじゃ。」

じっと　みていたら、ずきんの　おくの
めが　ぎろりと　うごいた。

「うわあっ。」

ぼくは、あとずさって　めを　こすった。

なんども　こすった。

でも、おどろくのは　まだ　はやかった。

らくがきから、もくもくと　けむりが
でたのだ。

「な、なんだ？」

けむりを　はらって、ぼくは　めを　むいた。
めの　まえに、ちいさな　にんじゃが　いる。
そんごくうみたいに、てのひらほどの
くもに　のって　うかんでいる。
「へんなとは　しつれいな。おぬしは
だれだ。なまえと　みぶんを　なのれ！」
にんじゃは、くもの　うえに　たちあがり、
ぼくを　ゆびさす。

「ぼ、ぼくは、みながわ　ゆうや。
ひばりしょうがっこうの　一《いち》ねんせいだよ。」
「ゆうやとは、かわった　なまえだな。」
にんじゃは、くもに　のったまま、ぼくの
かおの　まわりを　くるくると　まわった。
「おれは　らくがきから　うまれた
らくがきにんじゃの『くるみまる』。
ここで　であえたのも、なにかの　えん。

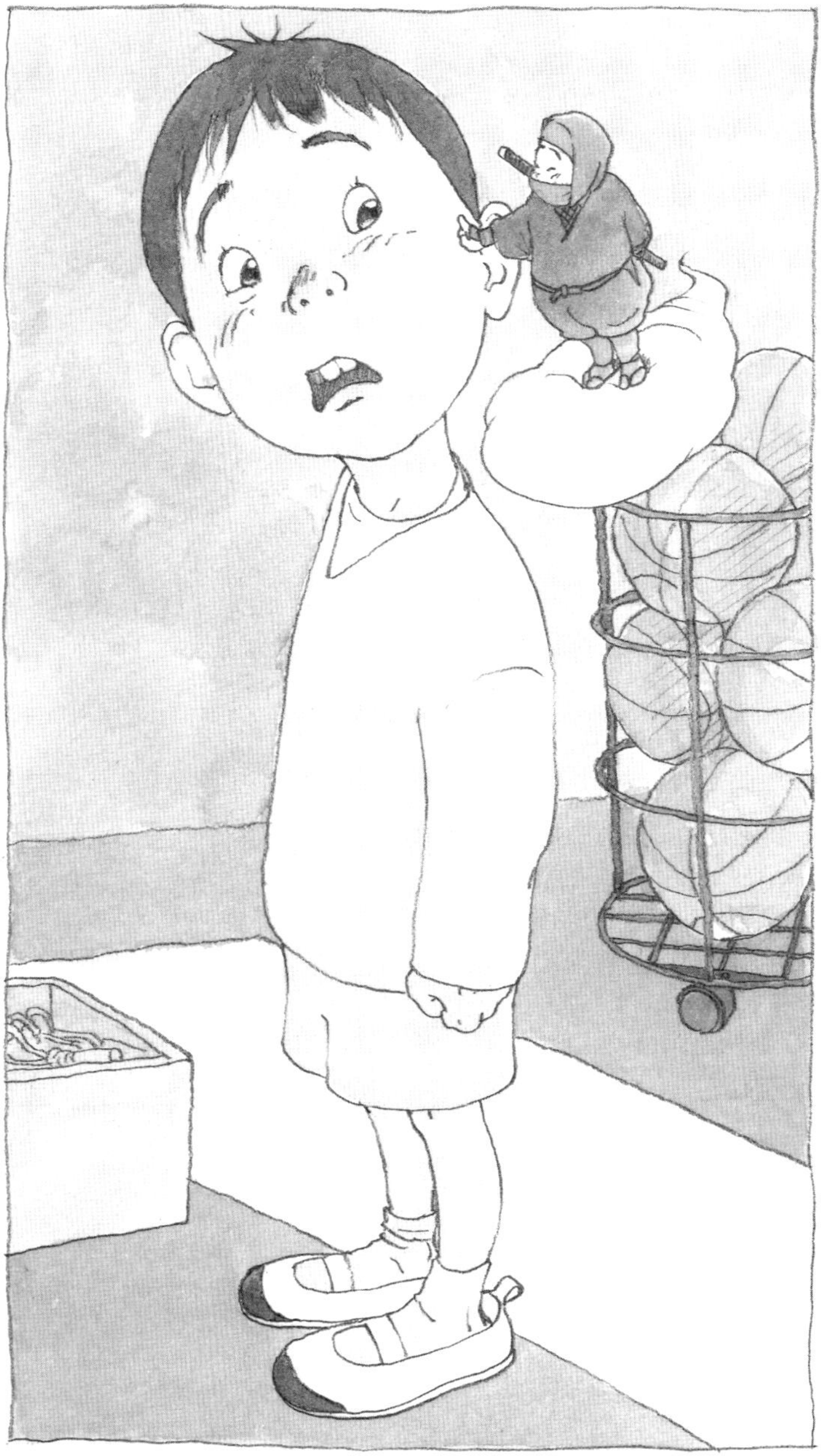

ゆうや、一《ひと》つ、たのみが　ある。」

「ぼ、ぼくに？」

「そうだ。まあ、はなしを　きけ。」

くるみまるは、かおの　ずきんを
するすると　とった。

「ええっ？」

ポニーテール《ぽにいている》に、ふっくらした　ほほ。

くるみまるは、おんなの　にんじゃだ。

「ふん。どうせ、おとこだと　おもったんだろ。きびしい　しゅぎょうで、こんなこわい　かおに　なってしまった。そこで、おぬしに　たのみたいのだ。これに、わらいごえを　あつめてきてくれないか。わらいかたを　おもいだしたい。」

くるみまるは、こしに　つけていたたけづつを、ぼくに　さしだす。

えんぴつみたいに　ほそかったのに、
うけとると　すいとうほどに　ふくらんだ。

「わらえないと　こまるの？
にんじゃなのに？」

「にんじゅつでは、こまらない。しかし、こわい　かおだと、ともだちが　できない。ボーイフレンド《ぼういふれんど》も　にげていく。かわいく　わらえるように　なって、あこがれの　ゆいまるさまと　デート《でいと》を　したいんじゃ。」

くるみまるの　ほほが、ほんのり　あかく　なる。

「へえ。」

ゆうやは、めを　ぱちくり。

「でも、ぼく、わらいごえなんて、あつめられないよ。」

「しんぱいするな。やってくれるなら、すがた　かくしの　じゅつを　かけてやる。そうすれば、ゆうやの　すがたは　だれにもみえない。そっと、ともだちの　そばにいき、たけづつの せんを とれば いい。」

「ぼくも、この たけづつも、だれからも みえないの?」

「ぜんぶ　とうめいになる。だれにも
きづかれない。」
ぼくは、ごくんと　つばを　のみこんだ。
とうめいになれるなんて、とびきり
おもしろそう。
「やる。ぼく、やってみるよ。」
「よく　いった！　さっそく　じゅつを
かけてやる。うごくなよ。」

くるみまるは、ゆびを　たて、じゅもんを
となえた。
『てん　りゅう　とら　おう、
すがたよ　きえろ！』
ゆびさきから、むらさきの　けむりが
もくもくと　あがり、くうきが　ふるえた。
くるみまるは、かっと　めを　みひらいて
さけんだ。

「クワー《くわあ》!」

とたん、からだに　びびびっと　しびれが
はしった。
「よし。うまく　いったぞ。」
くるみまるの　こえで、ぼくは　こわごわ
じぶんの　からだを　みた。
ても　あしも、かすみみたいに　うすく
なってる。
もっている　たけづつまで　うすい。

「うまく　いった。じぶんで　うすく
みえても、ほかの　ひとには　まったく
みえない。ただし、こえだけは　だすな。
せっかくの　じゅつが　とけてしまうからな。
それから、できるだけ　きれいな　いろの
わらいごえを　あつめるのだぞ。」
「わらいごえに　いろが　あるの？」
「そうだ。あつめれば　わかる。さあ、

はやく　いけ。」

くるみまるは、ドア《どあ》のほうを　ゆびさした。

ぼくは、おそるおそる　ろうかに　でた。
まえから、おんなのこが　まっすぐ
あるいてくる。
(おっととっ。)
ぶつかりそうになり、あわてて　よけた。
でも、おんなのこは　しらんぷり。
(ほんとうに　みえないんだ。)
とっても　ふしぎな　きぶん。

あいさつをしよう

ドア《どあ》が　あいていたので、きょうしつに
はいった。クラス《くらす》の　はんぶんぐらいが
そろっていた。
なおとくんと　しょうくんが、たのしそう
に　はなしている。
なおとくんが、「くくく。」と　わらいだした。
（いまだ。）
ぼくは、そばに　よって、

たけづつの　せんを
とった。

わらいごえが、 たけづつに すいこまれて
いく。
たけづつを のぞくと、オレンジ《おれんじ》いろの
かたまりが みえた。ボール《ぼうる》みたいに
ころんと している。
(やった。わらいごえを とったぞ。
これなら かんたん。)
おなじようにして、いくつか わらい

ごえを　あつめた。うまく　とれると、
ゆかいな　きぶんに　なれた。

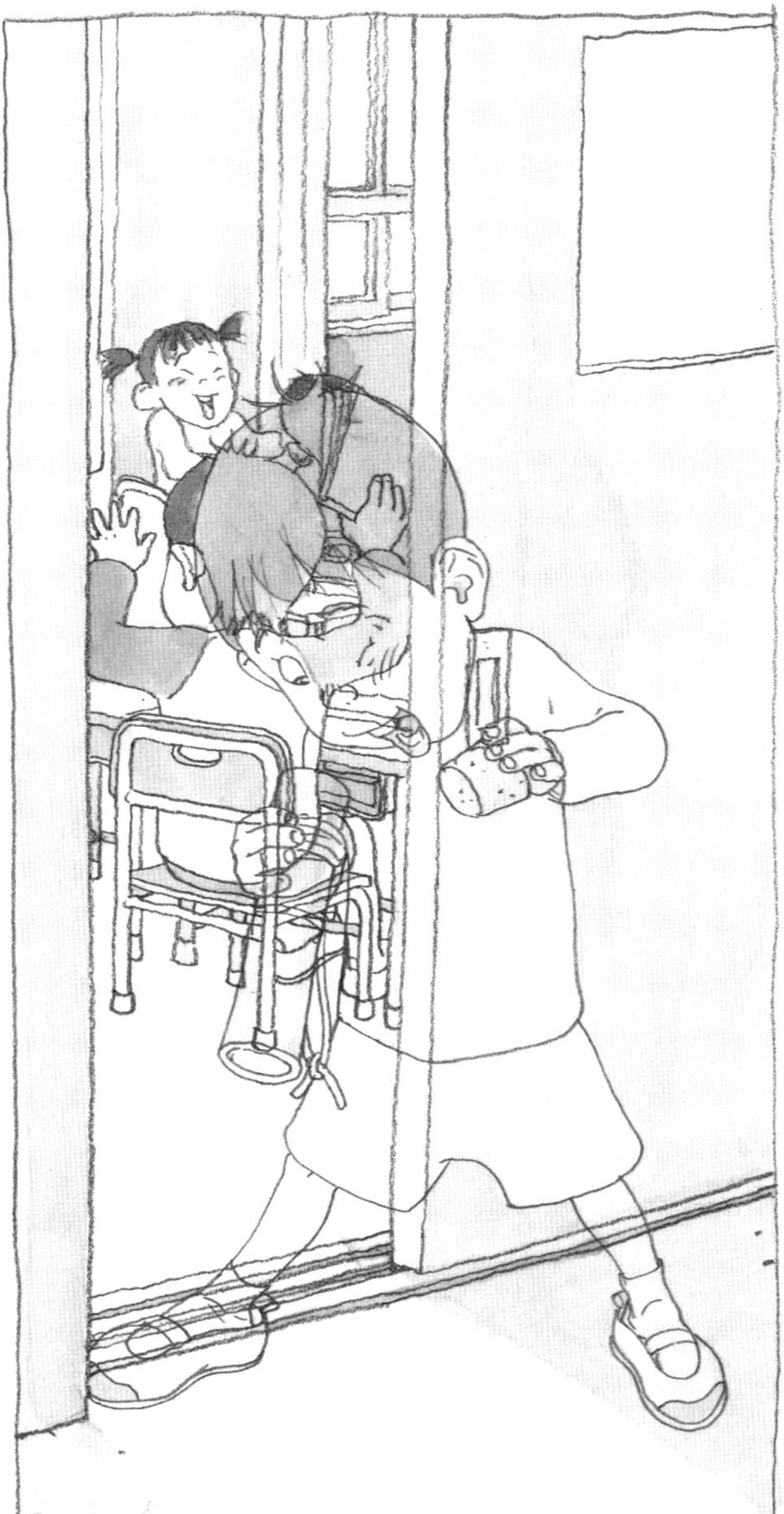

とるたびに、ぼくは　たけづつの
なかを　のぞいた。そして、おもしろい
ことに　きが　ついた。
わらいごえによって、いろが　ちがう。
げんきな　わらいごえは、まっか。
ちいさな　わらいごえは、きいろ。
ひとを　ばかにするような　わらいごえ
は、くらい　はいいろで、たけづつに

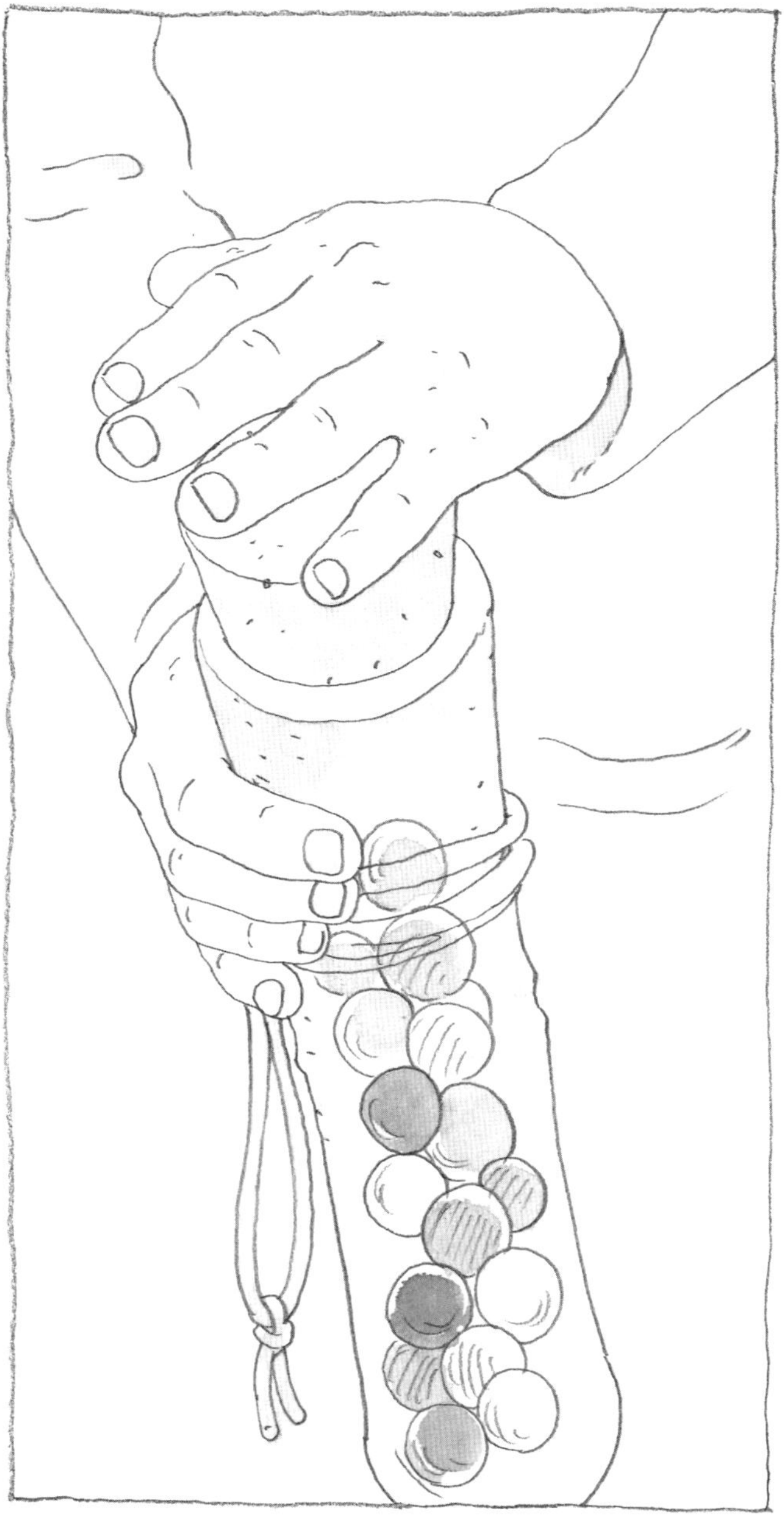

はいると　きえてしまう。

くるみまるは、たしか、「きれいな　いろを　あつめろ。」と　いっていた。

（どうしたら、もっと　きれいな　いろが　とれるかな。）

ぼくは、きょうしつを　みまわした。

いろんな　こが　いる。わらってる　こも　いるけれど、なかまに　はいれないで、じっと　すわってる　こも　いる。

ぼくは、つくえに　すわっている
みきちゃんの　そばに　いった。
みきちゃんは　おとなしくて、せんせいに
なまえを　よばれても　へんじが　できない。
（みきちゃんの　わらいごえ、きいてみたいな。）
ぼくは、ちょっと　かんがえて、たけづつ
から　あかい　わらいごえの　かたまりを
とりだした。
てのひらに　のせると、まるで　ボール《ぼうる》だ。

（みきちゃん、げんきに　なれ。）
わらいごえを　わけてあげたくて、あかい
ボール《ぼうる》を　みきちゃんに　そっと　ぶつけて
みた。
みきちゃんは、なんだろうと　ふしぎそうに
ふりかえった。あかい　ボール《ぼうる》に　きが
つくと、ひろいあげ、まわりを　みまわす。
ぼくには、まったく　きが　つかない。

みきちゃんは、くびを　かしげながら、つくえの　うえで　ボール《ぼうる》を　はずませた。ボール《ぼうる》から、「ははは。」と　げんきなわらいごえが　こぼれだした。ボール《ぼうる》の　わらいごえに　つられて、みきちゃんも、「ふふふ。」と　わらった。すると、となりの　かおりちゃんが、それにきが　つく。

「みきちゃん。
なにしてるの？」
「こんな　ボール《ぼうる》が
あったの。」
「へえ。みせて、
みせて。」

「この　ボール《ぼうる》、わらうの。わらいボール《ぼうる》よ。」
「ほんと、おもしろい。」
ともだちに　かこまれ、みきちゃんが
うれしそうに　わらってる。
（いまだ。）
すばやく　たけづつの　せんを　とった。
みきちゃんの　わらいごえは、すいこまれ
て、さくらいろの　ボール《ぼうる》に　なった。

（いいぞ。きれいな　いろが　とれた。
この　ほうほうで　いこう。）
ぼくは、わらって　いない　こに、わらい
ボール《ぼうる》を　そっと　なげた。
さいしょは　ふしぎがって　いても、ボール《ぼうる》
を　もつと、みんな　わらって　くれた。
その　わらいごえを　たけづつに　とった。
いくつも　とった。

たけづつは、どんどん　のびて、おもく
なっていった。
（たくさん　とれた。そろそろ　くるみまる
の　ところに　もどろう。）
きょうしつを　でようとした　そのとき、
クラス一《くらすいち》　らんぼうな　かいとくんが、
うしろから　はしってきた。
「いたい！」

ぶつかって、おもわず　こえが　もれた。

じゅつが　とけ、ぼくの　からだが
あらわれた。
「なんだ？　ゆうや。いきなり　そんな
とこに　いるなよ。あぶないだろ。」
かいとくんは、ゲームカード《げえむかあど》を　おとして
ぷんぷん。めが　つりあがってる。
「ごめん。ごめん。」
「おまえ、へんなもの

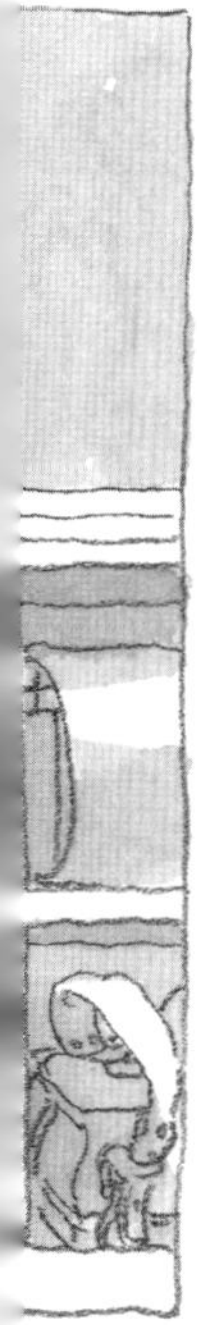

もってるな。
みせろ。」
かいとくんは、
むりやり
たけづつを
ひっぱった。

「だめだ。ぼくのだよ。」

ぼくは、ひっしで　たけづつを　ひっぱりかえす。

バチン《ばちん》！

なんと、かたいはずの　たけづつが、二《ふた》つに　われてしまった。

とたん、わらいボール《ぼうる》が、ちゅうにはじけとんだ。

これには、みんな　びっくり。

「な、なんだ？　これ。」

「ボール《ぼうる》が　わらうぞ。」

みんなが　とびつき、わらいボール《ぼうる》の
なげっこが　はじまった。

わらいボール《ぼうる》は、やわらか　ふわふわ。

あたっても　いたくない。

だから、みんなで　ぶつけっこ。

きょうしつじゅうに、わらいごえが
あふれた。たのしい　きぶんが　あふれた。
かいとくんは、ピンク《ぴんく》いろの　ボール《ぼうる》を
つかんだ。
ボール《ぼうる》は　てのひらの　うえで、「ふふふ。」
と、やわらかく　やさしく　わらう。
すると、かいとくんの　かおも、
やわらかく　やさしく　なっていく。

「おもしれえ。ゆうや。こんな　ボール《ぼうる》
もってるなんて　すごいな。さっきは、
おこって　ごめんよ。」
らんぼうな　かいとくんが、じぶんから
すなおに　あやまり、ぼくは　ほっこり
うれしくなる。
「そうだ。ゆうやも　いっしょに、
ボール《ぼうる》なげ　しようぜ。」

「うん。する、する。
でも、ちょっとだけ　まって。」
すぐに　あそびたかったが、
ぼくには　くるみまるとの
やくそくが　ある。
ぼくは　わらいボール《ぼうる》を　もつと、
いそいで　きょうしつを　でた。

どうぐしつでは、くるみまるが　いらいらした　かおで　まっていた。

「おそいぞ。おや？　じゅつが　とけてるな。たけづつも　ない。」

「ごめん。こえが　でちゃって。」

「で、うまく　とれたか？　わらいごえ。」

「とれたけど、いまは　これ　一《ひと》つだけだ。」

ぼくは、ポケット《ぽけっと》の　なかの　わらいボール《ぼうる》

を　とりだした。ボール《ぼうる》は　きれいな
さくらいろを　していた。

「なんだ。たった　一《ひと》つか。かしてみろ。」
くるみまるは、てのひらの　うえで
ボール《ぼうる》を　はずませた。
「ふふふ　ふふふふ。」

ボール《ぼうる》から
すこし　はずかしそうで、
それでいて　あったかな
わらいごえが　こぼれてきた。
　くるみまるの　ひょうじょうが、
みるみる　やわらかくなる。

「これは　いい。すてきな　わらいごえだ。
こんなのが　ほしかった。」
くるみまるは、くちを　あけて、ぺろり。
なんと、わらいボール《ぼうる》を　のみこんで
しまった。
「ああ。おいしい！　やさしさと
あたたかさと　うれしさが　まじっていて、
さいこうの　あじ。わらいごえが、

からだじゅうに　しみわたっていく。」

くるみまるは、ふところから　かがみを
とりだし、かおを　うつし、にっこりと
わらった。かがやくような　えがおだ。
「さいこう。これで、ゆいまるさまと
デート《でいと》　できる。ゆうや、よく　やって
くれた。ほかの　わらいごえは、おぬしが
じゆうに　つかって　いいぞ。」
「ありがとう。わらいボール《ぼうる》は　みんなに
だいにんきだ。」

「そうか。だれだって、わらうと　きぶんが
いい。だいじに　つかえよ。それじゃ、
さらばだ。」
くるみまるは　にっこり　ほほえむと、
どうぐしつの　まどから　そとに　とびだした。
そのまま、ぐんぐん　ぐんぐん　そら
たかく　のぼっていく。
「げんきでね、くるみまる！　こんどは、

いっしょに　あそぼうね。」

てを　ふって　みおくって　いると、
じゅぎょうかいしの　チャイム《ちゃいむ》が　なった。
「いけない。ちこくに　なっちゃう。」
ぼくは、あわてて　なわとびを　えらび、
はこを　もどそうと　たなを　みる。
「あっ。」
にんじゃの　らくがきが　きれいに　きえ、
あとが　ほんのりと　さくらいろに
そまっていた。

◆この本の作者

赤羽じゅんこ（あかはねじゅんこ）

一九五八年、東京都に生まれる。同人誌「ももたろう」に発表した「おとなりは魔女」で、新・北陸文学賞受賞。

作品に『おとなりは魔女』『より道はふしぎのはじまり』『メールの中のあいつ』『にげだしたはりっこ人形』『ドキドキ！　おともだちビデオ』（以上文研出版）『絵の中からＳＯＳ！』（岩崎書店）『０点虫が飛び出した！』『ごきげんぶくろ』（共にあかね書房）などがある。「ももたろう」同人。東京都在住。

◆この本の画家

岡本　順（おかもとじゅん）

一九六二年、愛知県に生まれる。児童書のさし絵や絵本の仕事で活躍。

作品に『ぼくのたからもの』『ふしぎなあの子』『ざしきわらし一郎太の修学旅行』『なぞのパスワード１０９８』（以上あかね書房）『きつね三吉』（偕成社）『ボク、ただいまレンタル中』『つくも神』（以上ポプラ社）『コロッケ天使』『歩きだす夏』（以上学習研究社）など多数がある。神奈川県在住。

●わくわく幼年どうわ・20

わらいボール

二〇〇七年七月　初　版
二〇二三年三月　第一一刷

作　者　**赤羽じゅんこ**
画　家　**岡本　順**
発行者　**岡本光晴**
発行所　株式会社　あかね書房
　　　　東京都千代田区西神田３-２-１
　　　　電話　０３-３２６３-０６４１（代）
　　　　〒１０１-００６５
印刷所　株式会社　精興社
製本所　株式会社　ブックアート
ＮＤＣ９１３／77Ｐ／22cm
ISBN978-4-251-04030-5

わくわく　たのしい　どうわだよ！

わくわく幼年どうわ

① どんぐり、あつまれ！
佐藤さとる・作／田中清代・絵

② へんないぬ　パンジー
末吉暁子・作／宮本忠夫・絵

③ ぼくは　ガリガリ
伊東美貴・作絵

④ ぶなぶなもりの　くまばあば
高橋たまき・作／藤田ひおこ・絵

⑤ ごきげん　こだぬきくん
渡辺有一・作絵

⑥ もりの　なかよし
つちだよしはる・作絵

⑦ すてきな　のはらの　けっこんしき
堀　直子・作／100％ORANGE・絵

⑧ うさぎの　セーター
茂市久美子・作／新野めぐみ・絵

⑨ クッキーの　おうさま
竹下文子・作／いちかわなつこ・絵

⑩ いつも　なかよし
つちだよしはる・作絵

⑪ ぶなぶなもりで　あまやどり
高橋たまき・作／藤田ひおこ・絵

⑫ のうさぎミミオ
舟崎克彦・作絵

⑬ みんな　みんな　なかよし
つちだよしはる・作絵

⑭ クッキーの　おうさま　そらをとぶ
竹下文子・作／いちかわなつこ・絵

⑮ ごきげんぶくろ
赤羽じゅんこ・作／岡本　順・絵

⑯ おかあさんに　おみやげ
つちだよしはる・作絵

⑰ おみやげは　きょうりゅう
つちだよしはる・作絵

⑱ クッキーの　おうさま　えんそくにいく
竹下文子・作／いちかわなつこ・絵

⑲ おとうさんに　おみやげ
つちだよしはる・作絵

⑳ わらいボール
赤羽じゅんこ・作／岡本　順・絵

●●●●●●以下続刊●●●●●●

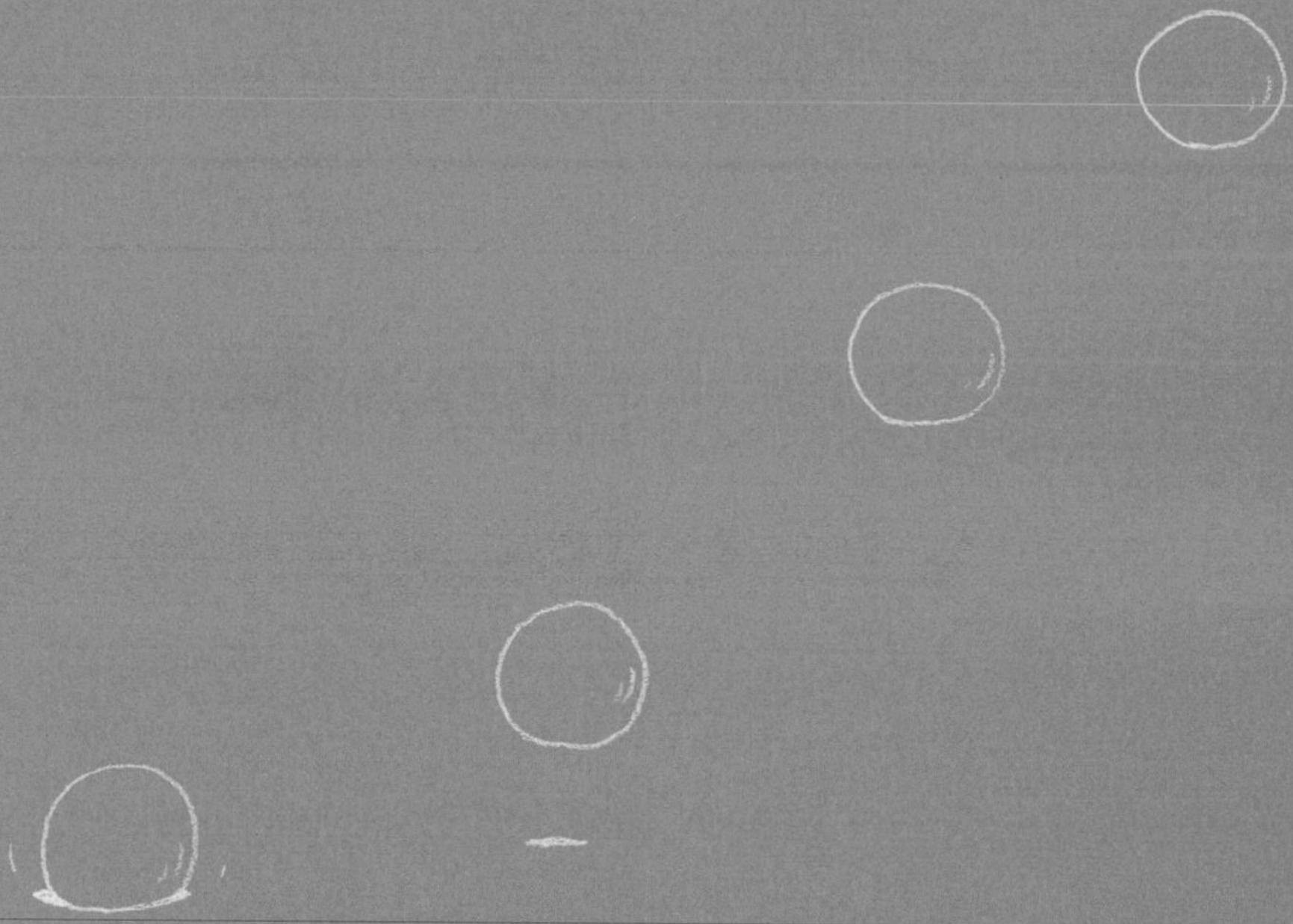